ÉTRENNES

TOURQUENNOISES

ET LILLOISES

PREMIER RECUEIL

Y

ÉTRENNES

TOURQUENNOISES,

OU

RECUEIL

DE CHANSONS,

FACÉTIEUSES ET PLAISANTES

Sur les Tourquennois,

Par feu F. DE COTTIGNIES,
dit Brule-Maison.

Cinquième édition, revue et corri-
gée, avec des airs notés.

A TOURCOING

ET SE TROUVE A LILLE

Chez VANACKERE fils, Imprimeur, Li-
braire-Éditeur, place du Théatre, N.º 10.

✽✾✽✾✽✾✽✾✽✾✽✾✽✾✽✾✽✾✽✾✽✾✽

AVANT-PROPOS.

LE Recueil que nous offrons au
public est composé de morceaux
autrefois chantés par le célébre
Brûle-Maison (✽). Cet archi-chan-

(✱) *François de Cottignies*, dit *Brûle-
Maison*, né à Lille l'an 1679, paroisse Ste.
Catherine, est mort le premier Février 1740.
Il était Philosophe et bon Physicien, et fai-
sait de temps en temps des expériences de phy-
sique sur la place de Lille, les jours de mar-
ché; mais il négligea ces sortes d'expériences,
parce qu'un paysan épuisa toute sa science en
lui demandant *pourquoi il soufflait dans ses
doigts lorsqu'il avait froid, et sa soupe lorsqu'elle était chaude.*

BRULE-MAISON, *Chanteur*, par mille jeux
plaisans ,
Distilla le venin de ses traits médisans ;
Aux accès insolens d'une bouffonne joie,
La sagesse, l'esprit, le *bon sens* fut en proie.
On vit par le *Lillois* un Poëte avoué ,
S'enrichir aux dépens du *Tourquennois joué.*

BOILEAU, *Art Poétique.*

sonnier a diverti le peuple de Lille et des environs pendant 40 ans. Le plaisir que l'on éprouve encore aujourd'hui dans toutes les sociétés (dans celles même où le patois de Tourcoing n'est pas familier) lorsque l'on y chante quelque tour plaisant que ce singulier Poëte avait la fureur de toujours appliquer aux Tourquennois, nous a fait naître l'idée d'en rassembler assez pour faire un choix de ce qui nous a paru le plus capable de récréer. Heureux si notre but est rempli, et si le public daigne l'accueillir favorablement comme nous osons l'espérer ! Cela nous encouragera à ne rien négliger pour continuer à réunir tout ce que nous pourrons découvrir en ce genre.

ÉTRENNES

TOURQUENNOISES.

PLAINTES AMOUREUSES,

Chanson en patois de Lille.

Air : *J'engage ma promesse au baptême.*

Faudra-ti toudi pour ti, Madeleine,
M'pleind' et soupirer nuit et jour?
Un ma m'tient à m'potrainne
Ché sans doute un sorcheron d'amour,

Ché sans doute (*bis*) un sorcheron
        d'amour ;
Ché sans doute ou, ou, ou, ou, ou,
        oute ,
Ché sans doute un sorcheron d'a-
mour.

J'ai bieau à m'donné d's escousses
Quand j'sus assis tout près de ti ,
Je te pousse , je te repousse ,
Mé t'est sourde à tout chen que j'dis.
Mé t'est sourde , etc.

Quand je voie tes bieaux yeux den
        te tiête
Quibrillentcommedescoponsd'ieau,
M'en cueur brûle comme eune al-
        leumette
Qu'un alleume pour brûler un fagot.
Qu'un alleume , etc.

Quand je voie ten corps, tes bras,
        tes manches,
M'en cueur saute tout comme un
        fichau ,
Y m'prend un si grand ma de panche.
Ah! Madeleine, que j'en sue de cau!
Ah! Madeleine , etc.

T'est bien faite, tout jusqu'à tes
       gambes,
Et tout cha m'ren si amoureux:
Més Madeleine, t'est trop menchante,
Te n'acoute point tout chen qu' j'
       veux.
Te n'acoute, etc.

T'est pu menchante qu'un cat sauvage,
Te n'veux point t' l'aiché approché,
Te m'donne des cos su men visage,
Quand j'attouche l'bout d'ten-laché.
Quand j'attouche, etc.

T'est pu volage qu'une harondielle,
Mi j'viens pu maigre qu'un héron ;
Car si je ne mets des bertielles,
Mes maronnes quéront su mes talons.
Mes maronnes, etc.

Madeleine, puisque t'ne veux rien
       faire
Pour soulagé le ma que j'ai là,
Je m'en irai pour te complaire,
A la guerre m'engagé soldat:
A la guerre (*bis*) m'engagé soldat.
A la gue, e, e, e, e, e, erre,
A la guerre m'engagé soldat.

ÉNIGME. *

J'ai un corps sans avoir de pance,
L'on me tient sans manche ni anse,
J'entre chez les neuf sœurs pour y
faire carillon,
Et me soucie très-peu des faveurs
d'Apollon.

LA MÊME, EN PATOIS DE LILLE.

Sçari-vous arvainé, Zabette,
A chen qui n'y a ni bras, ni tiette,
Tros yeux presque toudi ouverts,
Qu'eun retoupe quand eun s'en sert

Retrouvant en ces vers, les pointes,
le jargon
Et la naïveté de feu BRULE-MAISON;
L'on dira de l'Auteur (comme on dit
de la chasse),
Qu'on rime toujours bien, quand on
rime de race.

---

* Le mot se trouve à la fin des Chansons.

CHANSON

Sur le malheur arrivé à un Tourquennois qui espéroit faire fortune en
venant vendre des Bruants (*) à
Lille.

Air : *De mon Jacques*, noté n.° 1.

Non, je ne saurois pu faire
Sans canter à m'n'ordeinaire ;
Sur chés folies de Tourcoing,
     Pour boire,
Chela me vient ben a point.

Un Tourquennois ben habille,
Chés jour en passant par Lille,
A aperchu un enfant
     Subtile,
Courir aveuque un bruant.

Un autre enfant parderrière,
Criuit, dijoit à se mère :

(*) Hannetons.

Wettiez chest un biau meunier,
        Ma mère,
Aquatez m'en, s'y vous plet.

Pour contenter se fillette,
Pour un liard en d'aquiette;
Le Tourquennois interdit;
        Y wette,
Chela est ben quer drochi.

Le Tourquennois ben allerte,
Sitôt a pris se brouette,
Et se femme et sés s'enfans,
        Tout net,
S'en vont cacher à bruants.

Il s'en fut d'un plein corage,
Par chés hayes et chés bocages;
Il en rempli un tonniau,
        Bennage,
Dit ché du bon et du biau.

Y n'd'avot pu de chen mille,
S'en venoit tout droit à Lille;
Broutoit tout en chifflottant,
        Jean Gille,
Pour amuser chés bruants.

Arrivé au Pont-à-Marcq,
Sitôt un commis l'attaque :
Que broutte-tu si pesant,
    Jean Jacques ?
Y répond : Sont des bruants.

Le commis se mit à dire :
Crois-tu que nous volons rire,
OEuvre chela à l'instant,
    Faut vire
Chen qu'il y a sous chés bruants.

Crois-m'hardiment su m'parole,
Che n'sont nen des fariboles,
Sont des bruants et du verd,
    Cha vole,
Y faut les ténir couverts.

Aussitôt toute le bende
Dit : Nia de le contrebende ;
Passe te n'épée dedent :
    Arrête !
Te tûra tous mes bruants.

S'animant sur che l'affaire,
Encor pu qu'à l'ordinaire,
Ont renversé le tonniau
    Par tierre,
Et l'ont mis le cul en haut.

Non , jamais rien de pu drôle ,
Chés bruants sans nulle frivole ,
Dès qui ont vu le solai ,
        Tous vole
Sur chés camps et sur chés hayes.

Sitôt y s'est mit à braire ,
Digeant bon Dieu, queulle affaire!
Les velà tou t'envolés ,
        Quoi faire ?
Hélas ! je suis ruenné.

Il est tout comme immobile ,
Digeant à s'femme et se fille :
J'en devois faire mille florins ,
        A Lille ,
Je les conlois comme den m'main.

BRULE-MAISON se fait arrêter comme espion, passe par Tourcoing, et l'on fait accroire aux Tourquennois qu'il sera pendu le lendemain sur la place de Tournai.

Air : *De Joconde, noté*, n.º 3, V.me Recueil.

VENEZ entendre une chanson,
Remplie de complesanche,
Des Tourquennois et Brul'-Maison,
Et d'un parti de Franche :
Arrête-là, m'ont dit d'abord,
Le fusil en balance,
Di nous a tu un passe-port
De queuque Ville de France ?

Aussitôt j'arrête mes pas,
J'ai dit rempli de buse,
Ma foi, Messieurs, je n'en ai pas ;
Voulant faire mes excuses,
Je suis un vendeur de canchon,
Par les bourgs et villages :
Pour avoir un passe-port ben bon,
J'ai trop peu de gagnage

Le sou-partisan grand garchon,
Me dit d'humeur gentille,
N'aiche-point ti Brûle-Majon
Que te cante den Lille ?
Sitôt je li déclare le vrai,
Oui-dà ché mi-mème :
Il faut venir deden Tournai ;
Lors je venois tout blême.

Un autre dit à haute voix :
Va, va, n'eut point de crainte,
Chez pour vir si les Tourquennois
De ti feront des plaintes :
S'il est vrai qu'il te haïtent tant,
J'en veux vire l'expérience ;
Fait semblant, dit le partisan,
D'être en pau en dolence.

Sitôt m'ont mené sur che point,
D'Halluin par le village,
Passer à travers de Tourcoing ;
Arrivant au bourgage,
Sitôt ont crié tout de bon,
Avanche, avanche, avanche,
Venez tertous vir Brûl'-Majon,
Pris d'un parti de Franche.

Che parti par deden Tourcoing
A ben resté deux heures,

Pour demander, n'en doutez point,
A rafraîchir leu cœur.
Véant que j'étois bien gardé,
Par quatre Mousquetaires ;
Après m'avoir tous ravisé,
Va-t'y mal à z'affaires ?

Le partisan dit sans fachon,
Si vous volé l'apprendre,
Nous l'avons pris pour espion,
Et nous le ferons pendre :
Il a fait des canchons, pour vrai,
Dessus nous à la guerre ;
Venez demain deden Tournai,
Y f'ra un saut en l'aire.

Les Tourquennois sitôt ont dit,
D'unne maine arrogante,
Il en a fé sur nous aussi
Pour le moins ben quarante :
Chést eun'douche mort d'être pendu,
Y mérit' davantage ;
Y doit êtr' brûé u rompu,
Seul'ment pour nos bourgage.

Si manque eun'crox pour être rompu,
L'un dit j'donnerai eune herche,
Nous li intasseront un dent d'venl'cul
Pour taper j'donnerai l'perche :

L'aut' dit je barai un licot ;
Mi l' gibet, dit gros Jacques,
Et mi pour l' brûlé, les fagots,
Quand j'devrot vende m' vaque.

Les soudars et le partisan
Ont quemenché à rire ;
En digeant vous êtes ben méchant,
F'rez-vous cha comm' à l' dire :
Mé awuis, répondit Michaut,
Dit en venant tout blême,
Car si ni avoit point de bouriau.
Je l' pendrois ben mi-même.

De plagi que j'étois tenu,
Pour finir me carrière,
Il ont fait mettre sur le eu,
Ben trois rondell' de bierre.
De temps en temps ou me donnoit,
Pour arrosé mes lèvres,
Digeant pour le dernière fois,
Bois-en tant que ten crève.

Je leu z'ai dit par soumission,
Mais d'un' humble parole ;
Messieurs, je vous demand' pardon
Dé toutes les frivoles
Que j'ai fait en ma vie sur vous ;
Je vois qu'il faut me rendre ;

Ont dit : Nous te pardonnons tous,
Puisque l'on va te pendre.

Le partisan m'a fait loyé,
Tout comme un criminel,
Jusqu'à temps que j'arois quitté
Mes ennemis mortels :
Dit aux Tourquennois d'un cœur gai :
Venez demain en bende,
Deden le marqué de Tournai,
Et vous le verrez pende.

Nous n'avons warde d'y manqué,
Pour vir' che biau che-d'œuvre,
Che parti en m'ayant mené
De Léers à Templeuve,
Aussitôt m'ont dit : Brûle-Majon,
Pour mériter ta grâce,
Faut qu'te nous fache cune canchon
De toutes leux grimaces.

Je me suis mis à composer,
Et un autre à écrire,
Et en deux heures de temps j'ai fait
Cheile canchon pour rire :
Ayant ben ri de ce sujet,
M'ont lâché à la brune,
Sachant bien qui n'aroient point fet
Avenc mi leu fortune.

Le lendemain, les Tourquennois
Sont venus, je vous jure,
Pour avertir tous les Lillois
Que ma mort étoit sûre.
Arrivant y m'ont vu canté
Au mitant de la place ;
Ils ont dit (non sans se fâché) :
Ce diable à fet ses farces.

CHANSON PLAISANTE

Sur le faux bruit de Lille et de Tourcoing, disant que Brûle-Maison
étoit pris d'un parti de France.

Air: *En passant pardessus le Pont-
Neuf.* Noté n.º 2.

Voila pourtant Brûle-Maison
Qu'on croyoit dedans la prison :
Que de fables qu'on conte à Lille !
Et qu'il y a des menteurs par-tout !
Mais Brûle-Maison surpasse tout.

Il est bien vrai que je fus pris
Ces jours derniers par un parti

Qui s'étoit mis en embuscade,
Dans un lieu que je ne dis pas,
M'ont dit tout court arrête-là.

Plusieurs de la partie enfin,
Croyant d'avoir fait bon butin,
Voyant que j'avois un gros sac,
Dessus mon dos bien paqueté,
Ont cru que je portois du thé.

Afin de montrer ce trésor,
Ils m'ont fait monter tout d'abord
Dessus une vieille cavale
Fort maigre, avoit le dos pointu,
Dont j'en ai encore mal au c..

Bien quatre lieues en cet état
Ils m'ont fait courir à grands pas :
Arrivant dedans un bocage,
En tombant j'ai mis pied à terre,
Et mon sac m'ont fait ouvert.

Ils n'ont trouvé que des chansons,
Et ont reconnu Brûl'-Maison ;
Aussitôt un de cette bande
Dit : Nous te men'rons dans Arras;
Je réponds : Ce qu'il vous plaira.

Un grand noir me dit en courroux :
Ces chansons-là sont contre nous;

Nous te ferons mettre aux galères,
Avec une plume de vingt pieds,
T'escrira sur le grand papier.

Je leux ai dit de bonne foi :
Messieurs, ayez pitié de moi ;
Puisque les chansons que je chante
Ne sont que pour gagner la vie,
A moi, et à tous mes petits.

Le partisan plus modéré,
Examina sur mon papier ;
Il vit la chanson de Béthune,
Même la prise de Douai,
Lors il dit tout cela est vrai.

Le partisan dit peu après :
Il faut vivre avec ceux qu'on est ;
Les chansons ne font pas la guerre ;
Mais la guerre fait fair'les chansons :
Va retire-toi Brûl'-Maison.

Les Tourquennois trétous on dit :
« Chele fos chi v'là Brûl'-Majonpris ;
« Sans doute on le va faire pendre
« Tout à un biau gibet en proie,
« Nous en faut faire des fûs de joie. »

Ils ont brûlé, chés maîtres sots,
Pour dix patacons de gros bots.

Et ont bu vingt rondelles de bierre,
De bienage que Brûl'-Majon
Ne composerot pu de canchons.

Le lendemain, le merquedi,
Les Tourquennois furent surpris
Quand ils m'ont vu sur l'escabelle;
Ils ont dit d'un cœur courouché:
Je cros que le diale est sorché.

CHANSON

Sur un Tourquennois qui a fait cô-
cher son pigeon par un matou
pour avoir des bêtes sauvages.

Air noté n.º 7, III.me Recueil.

Mon Dieu! qu'on voit dans ce
monde
Ben des tours plaigeans,
De pu d' chen lieues à !a ronde
Eun parl' de gros Jean;
Car il voloit avoir
Des biettes sauvages.
Venez acouter l'histoire,
Je vous en ferai sage.

Che Tourquennois, faut entendre,
Che maître des sots,

Avot pour ses soris prendre
Un biau cat macot,
Et un coulon gavu,
De biauté sans pareille,
Un té qu'on n'a jamais vu,
Chetoit eune merveille.

Che biau coulon en parure
S'pourmenoit partout,
Par-dessus chel couverture,
Faigeant routoucou ;
Et quand l'cat l'approchoit
Pour li arracher ses pleumes,
Le biau coulon s'envoloit
Comme de couteume.

Che Tourquennois en li-même,
Aussi lourd qu'un viau,
Court vite dire à se femme ;
No gros cat est caud :
Y pourmène à fachon,
Che qui n'a n'en de catte ;
Il veut cauquer no coulon,
Je le vois à ses pattes.

Mais tout chen qui me désole,
Cat'laine Duprés,
Ché que men coulon s'envole
Quand l'cat va tout près :

Si se laichoit cauqué,
Men coulon n'est n'en sage,
J'aroit des jones marqués
De poils et d' plumages.

Che troit des biettes sauvages
Qu'on n'da jamais vu :
J'irois de Villes en Villages,
Et partout chés rues ;
An son d'un tambarin,
Criant d'une voix nette :
Qui veut pour un escalin
Vir des étranges biettes ?

Pour venir à se n'atteinte,
Y a pris s'en coulon,
Et se l'a loyé sans feinte
Au d'bout de se majon :
Afin que sen gros cat
L'aroit coqué à s'nage,
Pour avoir après chela
Des biettes sauvages.

Che coulon dessus chel' loge ;
Se sentant loyé,
Batoit se z'ailles à grand' forche,
Et s'mit à crier ;
Le cat l'a entendu,
A wuidié par l'ferniette,

S'a rué à corps perdu
Su chell' pauvre biette.

Le cat s'enfuit à le hâte
Tout épouventé ,
Il étoit loyé par l'patte ,
N' l'a seu emporté ;
Mais che cat sans fachon ,
Sans faire un moment d'halte ,
A étranné sen coulon
Tout comme eune ratte.

Sitôt dit à Pierre Delegauque :
Vient vire tout près :
En vérité v'là qui l'cauque ,
Il l' tient par l' toupet.
Le Tourquennois a dit :
Y a fait l'affaire bonne ,
Devant quinze jours d'ichi ,
J'arai des biaux jonnes.

Se femme li dit tout en rage :
Ah ! biette que té ,
V'là un biau dial de cauquage ,
Il l'a étranné.
Le Tourquennois d'abord
A monté par adraiche ;
Quand y a vu sen coulon mort ,
Y a queu en faiblaiche.

Chetoit eune pitié de vire,
Le mère et le z'enfans,
Braire tout com' des martyres
En se lamentant ;
Diseant : Nous n' verrons pu ;
Ah ! queulle mort étrange,
No biau gros coulon gavu
Roucouler d'sus no grange.

LE TOURQUENNOIS

ENGAGÉ MILICE.

Air: *De Joconde*, noté n.º 3, V.me
Recueil.

Véant qu'on donnoit de l'argent
    Au Villag' de Louise,
J'ai donné men consentement
Pour m'engager mélice ;
Ayant vu aveuc un bâton
Que j'avois le mesure,
Y m'ont donné chen patacons
Pour deux mots d'écriture.

Un biau capiau on m'a baillié,
Aveuc eune biel' cocarde,
Un chinturon et eun' épée
Aveuc eun' biel' casaque ;

Un fourniment et un fusi
Pour mi fair' l'exerciche :
Et un chacun dira de mi :
Que v'là un biau mélice !

Lorsque j'eu me n'argent en main,
Comme on m' l'avoit fait offre,
Je l'ai donné à men parain,
Il l'a mis den sen coffre ;
Quand le Roi me remerchira,
Revenant au Village,
Je trouverai me n'argent drola
Che sera men mariage.

Tout depuis que je su varlé,
A le majon Jean Glaude,
Je n'ai point encor' su couquié
Deux écus l'un su l'aute ;
Quand vous avez chonq'livres au plus
Vous croyez être un prinche ;
Tout cha s'en va à l'Enturlu
En buvant le Daimenche.

Vous roulez du soir au matin
Deven le bren de vaque ;
Y vous faut ressuer vos mains
Au pan de vo casaque :
Quand vous allez ouvré à camp
Vous tranné comme eun' feuille,

On vous récauffe en revenant
Aveuque du fu d'éteulle.

En plain Août quand y fait caud,
Vous êtes à vo n'ouvrage,
Vous faut toudi boire de l'iau,
Ressue vo visage :
A vos repas des pos passés
Aveuque du pain noir,
Je n'darai étant engagé
Ben pu blanc que de l'yvoire.

Au lieu d'un fléau, d'un louchié,
J'arai un biau fusique ;
Un le tient aveuc le bras ployé,
Ché tout comme cun' relique :
Si vent à passé tout d'un cot
L'Officié-Couronnelle,
Faut tenir vo n'arme aussitôt
Droite comme eune candeille.

Lorsque je crierai qui va-là,
A l' majon de ché trésor,
Aussitôt on mé répondra :
Ché mi ronde-major ;
N'avanche pas, car j'su chi
De l'part de ch' corporalle ;
Je te déclaqu'rai men fusi,
Quand te serot un dialle.

Adieux les traux et les traués,
Les loges et majonnettes,
Et autres endroits qu' j'ai été
Pour faire me n'amourette :
Adieu Mad'laine, adieu Catou,
Marie-Jeanne et Louise,
Je vois vire chés roudoudou
Aveuque tous chés milices.

CHANSON

D'un Tourquennois qui a mis son
chat sur la gêne, pour lui faire avouer
s'il avoit pris une pièce de viande.

Air noté n.° 1, IV.e Recueil.

V'LA eune histoire sans pareille,
Arrivé dedens Tourcoing,
La chose est vraie et réelle,
Sur che sujet je n'vous ment point,
    Dessus che point,
    Et chose certaine.
Ch' tour là com' vous l'entendré
    Est arrivé.

Un Tourquennois tout en n'aire,
Un jour qu'il étoit crévé,

Avot eune bielle pièche de chair,
L'avot mit sur sen mettié,
　　　Tout préparée
Pour l'cuire tout entierre ;
Mais on lia jué den che jour
　　　Un drôle de tour.

Deux u trois hommes de se sorte,
Familiers de se majon,
Ont pris sans miséricorde
Sen morciau de chair sans caution ;
　　　Queulle invention !
L'homme non pu que l'femme,
N' savoient rien de tout chela,
　　　Non pu que l' cat.

V'là ch'l'homme qu'étot ben en rage
Quand il a appris tout chela ;
N'en faut point d'mander davantage
Ché encore men diale de cat
　　　Qui a fait chela ;
J'briserai tout l'ménage,
U bien j'ferai imbrochié
　　　Men cat sorchié.
Y a couru à perde haleine,
Pour attrapé che minou,
A l'cour et à l'basse-cuigène,
Et au grenier tout partout.
　　　L'a pris pa l'cou,

Aveuc eune caine,
A eune broche inrouillé
L'a imbrochié.

En tenant che cat à se mode,
Il dit : T'est un cat perdu ;
Y n'ia pu d'miséricorde,
Je m'en va te gêner devant ch' fu,
Sans nul z'abus ;
Te ne peux pu m' morde,
Je veux te fair' confessié
Si t'est sorchié.

Il a mit chel' pauvre biette
Dessus deux bâtons en crox,
Ses quate pattes et se tiette,
Et se queue qu'elle fertillot
Comme un batot ;
Aveuc eure baguette
Temps en temps y tappot dessus
Devant ch' grand fu.

Che cat est mort sur les gennes
Après deux heures et demie ;
V'là che Tourquennois en peine,
Y avoit peur que cha s'euch' di ;
Le merquedi,
Et chose certaine,
J'ai composé chell' canchon
Dessus ch' luron.

CALENDRIER

GRÉGORIEN

POUR L'ANNÉE

1834.

A LILLE,

Chez Vanackere fils, Imprimeur-Libraire,
place du Théâtre, N.º 10.

ARTICLES DU CALENDRIER.

SIGNES DU ZODIAQUE.

♈	Le Bélier.	♎	La Balance.
♉	Le Taureau.	♏	Le Scorpion.
♊	Les Gémeaux.	♐	Le Sagittaire.
♋	L'Ecrevisse.	♑	Le Capricorne.
♌	Le Lion.	♒	Le Verseau.
♍	La Vierge.	♓	Les Poissons.

(Septentrionaux) — *(Méridionaux)*

☉ Le Soleil.

FIGURES ET NOMS DES PLANÈTES.

☿	Mercure.	♃	Jupiter.	⚳	Pallas.
♀	Vénus.	♄	Saturne.		
🜨	La Terre.	♅	Uranus.	⚵	Junon.
♂	Mars.	⚳	Cérès.	⚶	Vesta.

☾ La Lune, satellite de la Terre.

SAISONS.

Printemps, 21 Mars, à 2 h. 9 du matin.	*Automne*, 23 Septembre, à 1 h. 28′ du soir.
Été, 21 Juin, à 11 h. 24′ du soir.	*Hiver*, 22 Décembre, à 6 h. 44′ du matin.

FÊTES MOBILES.

Septuagésime, 26 *Janv.*	TRINITÉ, 25 *Mai.*
Cendres, 12 *Février.*	FÊTE-DIEU, 29 *Mai.*
PAQUES, 30 *Mars.*	Avent, 30 *Novembre.*
Rogat. 5, 6 et 7 *Mai.*	De l'Épiphanie à la Sep-
ASCENSION, 8 *Mai.*	tuagésime, 2 *Dim.*
PENTECOTE, 18 *Mai*	De la Pent. à l'Av. 27 *D.*

Comput Ecclésiastique.	Quatre-Temps.
Nombre d'or. . . . . 11.	Février, les 19, 21 et 22.
Épacte. . . . . . . XX.	Mai, les 21, 23 et 24.
Cycle solaire. . . . 23.	Septembre, 17, 19 et 20.
Indiction Romaine. 7.	Décembre, 17, 19 et 20.
Lettre Dominicale. E.	

JANVIER 1834. *Signe, le Verseau* ♒.

☽ D. Q. le 2, à 4 h. 17′ du soir.
● N. L. le 9, à 11 h. 12′ du soir. *Apogée le 14.*
☽ P. Q. le 18, à 2 h. 41′ du matin.
○ P. L. le 25, à 10 h. 9′ du matin. *Périgée le 26.*

JOURS, DATES et Noms des Saints.			Lev. du S.	Cou. du S.	Lever de la L.	Couch. de la L.
			H. M.	H. M.	H. M.	H. M.
1	m.	*Circoncision.*	7 53	4 8	11 10	11 13
2	j.	s. Macaire, ab.	7 52	4 8	Matin.	11 54
3	v.	ste. Géneviève.	7 51	4 9	0 28	0 17
4	s.	s. Rigobert, év.	7 51	4 9	1 44	0 40
5	D.	s. Siméon, styl.	7 50	4 10	2 58	1 6
6	l.	*Epiphanie.*	7 50	4 11	4 12	1 34
7	m.	s. Lucien, év.	7 49	4 12	5 23	2 8
8	m.	ste. Gudule.	7 48	4 12	6 28	2 53
9	j.	s. Julien, m.	7 47	4 13	7 29	3 42
10	v.	s. Guillaume.	7 46	4 14	8 18	4 41
11	s.	s. Hygin, pap.	7 45	4 15	8 58	5 44
12	D.	s. Arcade, mar.	7 45	4 16	9 30	6 48
13	l.	Bapt. de N. S.	7 44	4 17	9 56	7 53
14	m.	s. Hilaire, év.	7 43	4 18	10 18	8 58
15	m.	S. N. de Jésus.	7 42	4 19	10 38	10 2
16	j.	s. Fursi, abbé.	7 41	4 20	10 56	11 6
17	v.	s. Antoine, ab.	7 39	4 21	11 15	Matin.
18	s.	C. s. Pierre à R.	7 38	4 22	11 34	0 10
19	D.	s. Canut, Roi.	7 37	4 23	11 54	1 15
20	l.	ss. Fab. et Séb.	7 36	4 25	0 19	2 24
21	m.	ste. Agnès, v.	7 35	4 26	0 50	3 34
22	m	s. Vincent, m.	7 33	4 27	1 30	4 44
23	j.	s. Raymond, c.	7 32	4 29	2 21	5 51
24	v	s. Timothée.	7 31	4 30	3 25	6 52
25	s.	Conv. de s. P.	7 30	4 31	4 37	7 42
26	D.	*Septuagésime.*	7 28	4 32	5 59	8 22
27	l.	s. Jean-Chrys.	7 27	4 34	7 23	8 56
28	m.	s. Charlemagne	7 25	4 35	8 44	9 24
29	m	s. Françoise de S.	7 24	4 37	10 4	9 49
30	j.	ste. Aldegonde.	7 23	4 38	11 22	10 12
31	v.	s. Pierre Nolas.	7 21	4 40	Matin.	10 35

4

FEVRIER. *Signe*, les Poissons.)(

D. Q. le 1, à 1h. 10' du matin.

N. L. le 8, à 4h. 56' du soir. *Apogée le 11.*

P. Q. le 16, à 9 h. 36' du soir.

P. L. le 23, à 8 h. 55' du soir. *Périgée le 24.*

JOURS, DATES et Noms des Saints.		Lev. du S	Cou. du S	Lever de la L.		Couch. de la L.	
		H. M.	H. M.	H.	M.	H.	M.
1	s.	s. Ignace, év.	7 19	4 41	0	40	11	0
2	D.	*Sexag. Purif.*	7 18	4 43	1	56	11	28
3	l.	s. Blaise, év.	7 17	4 44	3	8	0	2
4	m.	s. André de C.	7 15	4 46	4	16	0	41
5	m.	ste. Agathe, v.	7 13	4 47	5	16	1	29
6	j.	ste. Dorothée.	7 12	4 49	6	8	2	25
7	v.	s. Romuald, a.	7 10	4 51	6	50	3	27
8	s	s. Jean de Mat.	7 8	4 52	7	25	4	31
9	D.	*Quinquagés.*	7 7	4 54	7	53	5	37
10	l.	ste. Scholastiq.	7 6	4 55	8	17	6	42
11	m.	s. Séverin.	7 4	4 57	8	38	7	46
12	m.	*Les Cendres.*	7 2	4 59	8	56	8	50
13	j.	s. Martinien.	7 0	5 1	9	14	9	54
14	v.	s. Valentin, p.	6 59	5 2	9	32	10	59
15	s.	s. Faustin, m.	6 57	5 4	9	52	Matin.	
16	D.	*Quadragésim.*	6 55	5 6	10	15	0	5
17	l.	s. Donat, m.	6 54	5 7	10	41	1	13
18	m.	s. Siméon.	6 52	5 9	11	19	2	25
19	m.	s. Gabin. 4T.	6 50	5 11	0	3	3	29
20	j.	s. Eleuthère.	6 48	5 13	1	0	4	32
21	v.	s. Flavien. 4T.	6 47	5 14	2	9	5	27
22	s.	Ch. des P. 4T.	6 45	5 16	3	27	6	14
23	D.	*Reminiscere.*	6 43	5 18	4	50	6	51
24	l.	s. Mathias, ap.	6 41	5 20	6	15	7	21
25	m.	s. Césaire.	6 40	5 21	7	40	7	48
26	m.	s. Alexandre.	6 38	5 23	9	3	8	13
27	j.	ste. Honorine.	6 36	5 25	10	24	8	37
28	v.	s. Romain, ab.	6 34	5 27	11	43	9	1

MARS. *Signe*, le Bélier. ♈

D. Q. le 2, à 0 h. 11' du soir.

N. L. le 10, à 11 h. 15' du matin. *Apogée le* 10.

P. Q. le 18, à 1 h. 4' du soir. *Périgée le* 24.

P. L. le 25, à 6 h. 16' du matin.

JOURS, DATES. et Noms des Saints.			Lev. duS.	Cou. duS.	Lever. dela L.	Couch. dela L.
			H. M.	H. M.	H. M.	H. M.
1	s.	s. Aubin, év.	6 33	5 28	Matin.	9 25
2	D.	*Oculi.*	6 31	5 30	1 0	10 3
3	l.	ste Cunégonde	6 29	5 32	2 11	10 42
4	m.	s. Casimir, c.	6 27	5 34	3 15	11 28
5	m.	s. Théophile.	6 25	5 36	4 9	0 22
6	j.	ste. Colette.	6 24	5 37	4 54	1 21
7	v.	s. Thomas d'A.	6 22	5 39	5 31	2 20
8	s.	s. Jean de Dieu	6 20	5 41	6 1	3 25
9	D.	*Lætare.*	6 18	5 43	6 24	4 38
10	l.	Les 40 Mart.	6 16	5 45	6 47	5 42
11	m.	s. Firmin, ab.	6 15	5 46	7 7	6 46
12	m.	s. Grégoire, p.	6 13	5 48	7 24	7 50
13	j.	ste Euphrasie.	6 11	5 50	7 39	8 55
14	v.	ste. Mathilde.	6 9	5 52	8 0	10 1
15	s.	s. Longin, m.	6 7	5 54	8 24	11 8
16	D.	*La Passion.*	6 6	5 55	8 50	Matin.
17	l.	s. Patrice, év.	6 4	5 57	9 21	0 15
18	m.	s. Gabriel, ar.	6 2	5 59	9 58	1 22
19	m.	s Joseph, conf.	6 0	6 1	10 49	2 27
20	j.	s Joachim, c.	5 58	6 3	11 50	3 21
21	v.	*N. D. des 7 doul*	5 57	6 4	1 2	4 10
22	s.	s. Basile.	5 55	6 6	2 23	4 51
23	D.	*Les Rameaux.*	5 53	6 8	3 48	5 25
24	l.	s. Siméon, m.	5 51	6 10	5 13	5 53
25	m.	s. Humbert.	5 49	6 12	6 38	6 19
26	m.	s. Ludger, év.	5 47	6 14	8 3	6 43
27	j.	*La Cène.*	5 46	6 15	9 27	7 8
28	v.	*Mort de N. S.*	5 44	6 17	10 48	7 36
29	s.	s. Bertholde. c.	5 42	6 19	Matin.	8 7
30	D.	*PAQUES.*	5 40	6 21	0 5	8 44
31	l.	*Pâques.*	5 38	6 22	1 14	9 29

AVRIL. *Signe*, le Taureau. ♉

D.Q. le 1, à 1 h. 32' du matin. *Apogée le* 6.
N.L. le 9, à 4 h. 50' du matin.
P.Q. le 17, à 0 h. 28' du matin. *Périgée le* 21.
P.L. le 23, à 2 h. 46's. D.Q. le 30, à 4 h. 43's.

JOURS, DATES et Noms des Saints.			Lev. duS.	Cou. duS.	Lever delaL.		Couch. delaL.	
			H. M.	H. M.	H.	M.	H.	M.
1	m.	s. Hugues, év.	5 37	6 24	2	14	10	22
2	m.	s. Franç. de P.	5 35	6 26	3	0	11	24
3	j.	s. Richard, év.	5 33	6 28	3	40	0	26
4	v.	s. Ambroise.	5 31	6 30	4	13	1	29
5	s.	s. Vincent Fer.	5 30	6 31	4	40	2	35
6	D.	*Quasimodo.*	5 28	6 33	5	2	3	41
7	l.	*Annonciation.*	5 26	6 35	5	22	4	46
8	m.	s. Albert, pat.	5 24	6 37	5	40	5	51
9	m.	ste Marie.	5 23	6 38	5	57	6	56
10	j.	s. Macaire, év.	5 21	6 40	6	16	8	1
11	v.	s. Léon, p. d.	5 19	6 42	6	36	9	8
12	s.	s. Jules, pape.	5 17	6 44	7	0	10	15
13	D.	s. Herménégilde	5 16	6 45	7	29	11	23
14	l.	s. Tiburce, m.	5 14	6 47	8	5	Matin.	
15	m.	ste. Anastasie.	5 12	6 49	8	50	0	27
16	m.	s. Druon, conf.	5 10	6 51	9	45	1	25
17	j.	s. Anicet, p.	5 9	6 52	10	53	2	15
18	v.	s. Parfait, m.	5 7	6 54	0	8	2	56
19	s.	s. Léon IX.	5 5	6 56	1	27	3	31
20	D.	s. Théodore.	5 4	6 57	2	50	4	1
21	l.	s. Anselme, év.	5 2	6 59	4	13	4	26
22	m.	s. Soter et C.	5 0	7 1	5	38	4	50
23	m.	s. George, m.	4 58	7 3	7	4	5	15
24	j.	s. Fidèle, m.	4 57	7 4	8	28	5	41
25	v.	*s. Marc. Abst.*	4 55	7 6	9	48	6	9
26	s.	s. Clète, p m.	4 54	7 7	11	4	6	43
27	D.	s. Anthime, év.	4 52	7 9	Matin.		7	26
28	l.	s. Vital, mart.	4 50	7 11	0	10	8	16
29	m.	s. Pierre, m.	4 49	7 12	1	5	9	14
30	m.	ste. Cath. de S.	4 47	7 14	1	50	10	19

MAI. *Signe*, les Gémeaux. ♊

🌑 N. L. le 8 , à 8 h. 38′ du soir. *Périgée le 4.*
🌓 P. Q. le 16, à 8 h. 8′ du matin. *Apogée le 20.*
🌕 P. L. le 22, à 11 h. 14′ du soir.
🌗 D. Q. le , 30 à 9 h. 6′ du matin.

JOURS , DATES et Noms des Saints.			Lev. du S	Cou. du S	Lever de la L.		Couch. de la L.	
			H. M.	H. M.	H.	M.	H.	M.
1	j.	ss. Jacq. et PH.	4 46	7 15	2	24	11	25
2	v.	s. Athanase, p.	4 44	7 17	2	51	0	31
3	s.	Invent. ste. Cr.	4 42	7 19	3	14	1	36
4	D.	ste. Monique.	4 41	7 20	3	33	2	41
5	l.	*Rogations.*	4 39	7 22	3	52	3	46
6	m.	s. JEAN . *Rog.*	4 38	7 23	4	9	4	51
7	m.	ste. Flavie *Rog.*	4 36	7 25	4	28	5	56
8	j.	ASCENSION.	4 35	7 26	4	47	7	3
9	v.	Tr. s. Nicolas.	4 33	7 28	5	9	8	11
10	s.	s. Antonin , ar.	4 32	7 29	5	36	9	20
11	D.	s. Gengoul, m.	4 30	7 30	6	9	10	26
12	l.	s. Nérée, m.	4 29	7 32	6	51	11	26
13	m.	s. Servais, év.	4 27	7 33	7	43	Matin.	
14	m.	s. Boniface.	4 26	7 35	8	46	0	18
15	j.	s. Isidore , m.	4 25	7 36	9	59	1	2
16	v.	s. Honoré, év.	4 23	7 37	11	13	1	38
17	s	Restitue. *V. J.*	4 22	7 39	0	33	2	6
18	D.	PENTECOTE.	4 21	7 40	1	53	2	33
19	l.	s. Yves , conf.	4 20	7 41	3	13	2	55
20	m.	s. Bernardin.	4 18	7 42	4	35	3	17
21	m.	s. Hospice, 4 T.	4 17	7 43	5	59	3	40
22	j.	ste Julie , v.	4 16	7 45	7	22	4	7
23	v.	s. Didier, 4 T.	4 15	7 46	8	40	4	38
24	s.	ste Jeanne. 4 T.	4 14	7 47	9	53	5	17
25	D.	*Trinité.*	4 13	7 48	10	54	6	3
26	l.	s. Philippe de N.	4 12	7 49	11	44	6	58
27	m.	s. Jules.	4 11	7 50	Matin.		8	1
28	m.	s. Germain.	4 10	7 51	0	23	9	8
29	j.	*Fête-Dieu.*	4 9	7 52	0	54	10	25
30	v.	s. Ferdinand.	4 8	7 53	1	18	11	22
31	s.	ste. Pétronille.	4 7	7 54	1	38	0	28

JUIN. *Signe*, l'Écrevisse. ♋

N. L. le 7, à 10 h. 8′ du matin. *Apogée le 1.ᵉʳ*
P. Q. le 14, à 1 h. 24′ du soir. *Périgée le 16.*
P. L. le 21, à 8 h. 30′ du matin. *Apogée le 28.*
D. Q. le 29, à 2 h. 3′ du matin.

JOURS, DATES et Noms des Saints.		Lev. du S	Cou du S	Lever de la L.	Couch de la L.
		H. M.	H. M.	H. M.	H. M.
1	D. s.Fortuné, c.	4 6	7 55	1 57 Matin.	1 32 Soir.
2	l. s. Erasme, év.	4 5	7 55	2 14	2 37
3	m. ste.Clotilde.	4 4	7 56	2 32	3 43
4	m. s. Quirin, év.	4 3	7 57	2 51	4 49
5	j. s.Boniface.	4 3	7 58	3 11	5 57
6	v. s. Norbert, év.	4 2	7 58	3 36	7 6
7	s. s. Robert, ab.	4 1	7 59	4 6	8 13
8	D. s. Médard, év.	4 0	8 0	4 45	9 17
9	l. ste. Pélagie, v.	4 0	8 0	5 34	10 13
10	m. s. Landri, év.	4 0	8 1	6 34	11 0
11	m. s. Barnabé, ap.	3 59	8 1	7 45	11 37
12	j. s.Onuphre.	3 59	8 1	8 59	Matin.
13	v. s.AntoinedeP.	3 58	8 2	10 17	0 7
14	s. s. Basile, év.	3 58	8 2	11 35	0 34
15	D. ss. Vite. et M.	3 58	8 3	0 54 Soir.	0 56
16	l. s. François R.	3 57	8 3	2 13	1 17
17	m. s. Avy, abbé.	3 57	8 3	3 33	1 40
18	m. ste.Marine, v.	3 57	8 3	4 53	2 4
19	j. s.Gervais etP.	3 57	8 3	6 13	2 31
20	v. s.Silvère, pap.	3 57	8 3	7 28	3 6
21	s. s. Louis de G.	3 57	8 3	8 35	3 47
22	D. s. Paulin, év.	3 57	8 3	9 30	4 38
23	l. s. Liébert, év	3 57	8 3	10 14	5 38
24	m. *Nat. des.J.B.*	3 57	8 3	10 48	6 45
25	m. Tr. de s. Eloi.	3 57	8 3	11 16	7 53
26	j. ss.Jean etPaul	3 57	8 3	11 38	9 3
27	v. s. Ladislas, R.	3 57	8 3	11 57	10 9
28	s. s. Irénée, év.	3 58	8 3	Matin.	11 13
29	D. *ss. Pierre et P.*	3 58	8 2	0 14	0 17 Soir.
30	l. Comm. des. P.	3 58	8 2	0 31	1 22

JUILLET. *Signe*, le Lion. ♌

N. L. le 6, à 9 h. 18′ du soir. *Périgée le* 11.
P. Q. le 13, 5 h. 19′ du soir.
P. L. le 20, à 7 h. 20′ du soir. *Apogée le* 26.
D. Q. le 28, à 7 h. 11′ du soir.

JOURS, DATES et Noms des Saints.			*Lev. du S.*		*Cou. du S.*		*Lever de la L.*		*Couch. de la L.*	
			H.	M.	H.	M.	H.	M.	H.	M.
1	m.	s. Rombaut, év.	3	59	8	1	0	53 Matin.	2	9 Soir.
2	m.	Visitat. de la V.	3	59	8	1	1	9	3	30
3	j.	s. Hyacinthe.	3	59	8	0	1	31	4	45
4	v.	Tr. s. Martin.	4	0	8	0	2	0	5	54
5	s.	ste. Zoé, mart.	4	0	7	59	2	35	6	58
6	D.	ste. Godelive.	4	1	7	59	3	20	7	57
7	l.	s. Willebaud.	4	2	7	58	4	18	8	49
8	m.	ste. Elisabeth.	4	2	7	57	5	26	9	32
9	m.	Les Mart. de G.	4	3	7	57	6	41	10	7
10	j.	ste. Félicité, m.	4	4	7	56	8	0	10	35
11	v.	Tr. de s. Benoît	4	4	7	55	9	20	10	58
12	s.	s. Gualbert, ab.	4	5	7	54	10	39	11	19
13	D.	s. Anaclet, p.	4	6	7	54	11	56	11	40
14	l.	s. Bonaventure	4	7	7	53	1	15 Soir.	Matin.	
15	m.	s. Henri, Emp.	4	8	7	52	2	34	0	3
16	m.	N.-D. du M. C.	4	9	7	51	3	52	0	28
17	j.	s. Alexis, conf.	4	10	7	50	5	7	0	59
18	v.	s. Arnould, év.	4	11	7	49	6	17	1	37
19	s.	s. Vincent de P.	4	12	7	48	7	16	2	24
20	D.	ste. Marguerite	4	13	7	47	8	5	3	20
21	l.	s. Victor, m.	4	14	7	45	8	44	4	24
22	m.	ste Marie-Mag.	4	15	7	44	9	13	5	32
23	m.	s. Apollinaire.	4	16	7	43	9	37	6	41
24	j.	ste. Christine.	4	18	7	42	9	58	7	49
25	v.	s. Jacq. et s. Ch.	4	19	7	41	10	17	8	54
26	s.	ste. Anne.	4	20	7	39	10	34	10	0
27	D.	s. Désiré, év.	4	21	7	38	10	51	11	6
28	l.	s. Nazaire.	4	22	7	37	11	9	0	11 Soir.
29	m.	ste. Marthe, v.	4	24	7	36	11	30	1	17
30	m.	s. Abdon, m.	4	25	7	34	11	55	2	24
31	j.	s. Ignace de L.	4	26	7	33	Matin.		3	32

AOUT. *Signe*, la Vierge. ♍

🌑 N. L. le 5, à 6 h. 39′ du matin. *Périgée le 7.*
🌓 P. Q. le 11, à 10 h. 17′ du soir.
🌕 P. L. le 19, à 8 h. 16′ du matin. *Apogée le 23.*
🌗 D. Q. le 27, à 11 h. 54′ du matin.

JOURS, DATES et Noms des Saints.			Lev. du S	Cou. du S	Lever de la L.		Couch. de la L.	
			H. M.	H. M.	H.	M.	H.	M.
1	v.	s. Pierre ès-L.	4 28	7 31	0	28 Matin.	4	41 Soir.
2	s.	N.-D. des Ang.	4 29	7 30	1	10	5	44
3	D.	Inv. s. Etienne.	4 31	7 29	2	1	6	39
4	l.	s. Dominique.	4 32	7 27	3	5	7	25
5	m.	N.-D. aux Neig.	4 33	7 26	4	20	8	3
6	m.	Tr. de N. S.	4 35	7 24	5	40	8	34
7	j.	s. Gaëtan de T.	4 36	7 23	7	1	8	59
8	v.	s. Cyriaque.	4 38	7 21	8	23	9	22
9	s.	s. Romain, m.	4 39	7 20	9	45	9	45
10	D.	s. Laurent, ar.	4 41	7 18	11	5	10	8
11	l.	ste. Susanne, v.	4 42	7 17	0	23 Soir.	10	33
12	m.	ste. Claire, v.	4 44	7 15	1	42	11	2
13	m.	s. Hypolite.	4 46	7 14	2	58	11	37
14	j.	s. Eusèbe. *V. J.*	4 47	7 12	4	9		Matin.
15	v.	ASSOMPTION	4 49	7 10	5	11	0	21
16	s.	s. Roch, conf.	4 50	7 9	6	3	1	14
17	D.	s. Mammez, m.	4 52	7 7	6	43	2	15
18	l.	ste. Hélène.	4 54	7 6	7	15	3	21
19	m.	ste. Thècle.	4 55	7 4	7	42	4	29
20	m.	s. Bernard, ab.	4 57	7 2	8	5	5	38
21	j.	ste. Franç. de C.	4 58	7 1	8	24	6	45
22	v.	s. Simphorien.	5 0	6 59	8	41	7	51
23	s.	s. Philippe B.	5 2	6 57	8	58	8	56
24	D.	s. Barthélémi.	5 4	6 56	9	16	10	1
25	l.	s. Louis, Roi,	5 5	6 54	9	36	11	7
26	m.	s. Zéphirin, p.	5 7	6 52	10	0	0	15 Soir.
27	m.	s. Césaire d'Ar.	5 9	6 51	10	29	1	22
28	j.	s. Augustin, év.	5 10	6 49	11	6	2	27
29	v.	Déc. des J.-B.	5 12	6 47	11	51	3	31
30	s.	ste. Rose de L.	5 14	6 45		Matin.	4	30
31	D.	s. Raymond N.	5 15	6 44	0	47	5	21

SEPTEMBRE. *Signe*, la Balance. ♎

☉ N. L. le 3, à 3 h. 1′ du soir. *Périgée le 4.*
☽ P. Q. le 10, à 5 h. 38′ du matin.
☾ P. L. le 17, à 11 h. 33′ m. du soir. *Apogée le 19.*
☽ D. Q. le 26, à 3 h. 24′ du matin.

JOURS, DATES et Noms des Saints.			Lev. du S	Cou. du S	Lever de la L		Couch. de la L	
			H.M.	H.M.	H.	M.	H.	M.
1	l.	s. Gilles, abbé.	5 18	6 42	1	57 Matin	6	3 Soir
2	m.	s. Etienne, Roi.	5 19	6 40	3	17	6	38
3	m.	ste. Séraphie.	5 21	6 38	4	41	7	7
4	j.	ste. Rosalie, v.	5 22	6 37	6	5	7	33
5	v.	s. Bertin, abb.	5 24	6 35	7	29	7	57
6	s.	s. Zacharie, p.	5 26	6 33	8	53	8	19
7	D.	ste. Reine, v.	5 28	6 32	10	16	8	42
8	l.	*Nativ. de N. D.*	5 29	6 30	11	38	9	10
9	m.	s. Omer, év.	5 31	6 28	0	57 Soir	9	44
10	m.	s. Nicol. de Tol.	5 33	6 26	2	10	10	26
11	j.	ss. Prote et H.	5 35	6 25	3	15	11	16
12	v.	s. Guidon, c.	5 36	6 23	4	9	Matin.	
13	s.	s. Aimé, arch.	5 38	6 21	4	53	0	14
14	D.	Exalt. de ste. C.	5 40	6 19	5	28	1	19
15	l.	s. Emile.	5 42	6 17	5	56	2	27
16	m.	ste. Euphémie	5 43	6 16	6	18	3	36
17	m.	s. Lambert 4 T.	5 45	6 14	6	38	4	43
18	j.	ste. Sophie, m.	5 47	6 12	6	56	5	49
19	v.	s. Janvier. 4 T.	5 49	6 10	7	12	6	56
20	s.	s. Eustache 4 T.	5 51	6 8	7	29	8	0
21	D.	s. Matthieu.	5 52	6 7	7	48	9	5
22	l.	s. Maurice.	5 54	6 5	8	11	10	11
23	m.	s. Lin, p. mart.	5 56	6 3	8	36	11	18
24	m.	N. D. de la Merci	5 58	6 1	9	7	0	25 Soir
25	j.	s. Firmin, év.	5 59	6 0	9	49	1	29
26	v.	ste. Justine, v.	6 1	6 58	10	42	2	29
27	s.	ss. Côme et D.	6 3	5 56	11	45	3	22
28	D.	s. Wenceslas.	6 5	5 54	Matin.		4	6
29	l.	Déd. s. Michel.	6 7	5 52	0	57	4	43
30	m.	s. Jérôme, pr.	6 9	5 51	2	18	5	14

OCTOBRE. *Signe,* le Scorpion. ♏

◉ N. L. le 2, à 11 h. 22' du soir. *Périgée le 3.*
☽ P. Q. le 9, à 4 h. 42' du soir. *Apogée le 17.*
☽ P. L. le 17, à 4 h. 51' du soir.
☾ D. Q. le 25, à 4 h. 53' du soir. *Périgée le 31.*

JOURS, DATES et Noms des Saints.			Lev. duS.	Cou. duS.	Lever delaL.		Couch. delaL.	
			H. M.	H. M.	H.	M.	H.	M.
1	m.	ss. Remi et P.	6 10	5 49	3	45	5	39
2	j.	Les ss. Anges g.	6 12	5 47	5	7	6	2
3	v.	s. Denis, mart.	6 14	5 45	6	31	6	26
4	s.	s. François d'A.	6 16	5 43	7	57	6	50
5	D.	s. Placide, conf.	6 17	5 42	9	24	7	17
6	l.	s. Bruno, conf.	6 19	5 40	10	48	7	49
7	m.	s. Marc, pape.	6 21	5 38	0	6	8	29
8	m.	ste. Brigitte, v.	6 23	5 36	1	16	9	17
9	j.	s. Ghislain, év.	6 25	5 35	2	16	10	15
10	v.	s. Françoise de B.	6 26	5 33	3	4	11	19
11	s.	s. Gomer, conf.	6 28	5 21	3	41	Matin.	
12	D.	s. Maximilien.	6 30	5 29	4	10	0	27
13	l.	s. Edouard, R.	6 32	5 28	4	34	1	36
14	m.	s. Calixte, p. m.	6 33	5 26	4	52	2	43
15	m.	ste. Thérèse, v.	6 35	5 24	5	11	3	49
16	j.	s. Martinien.	6 37	5 22	5	28	4	54
17	v.	s. Florentin, év.	6 39	5 21	5	46	6	0
18	s.	s. Luc, évang.	6 40	5 19	6	4	7	6
19	D.	s. Pierre d'Alc.	6 42	5 17	6	24	8	12
20	l.	s. Caprais, m.	6 44	5 15	6	46	9	18
21	m.	ste. Ursule.	6 46	5 14	7	14	10	24
22	m.	s. Mellon, év.	6 47	5 12	7	52	11	29
23	j.	s. Séverin, év.	6 49	5 10	8	39	0	30
24	v.	s. Magloire, év.	6 51	5 8	9	36	1	24
25	s.	ss. Crépin, et C.	6 52	5 7	10	43	2	10
26	D.	s. Evariste, pr.	6 54	5 5	11	58	2	48
27	l.	s. Frumence.	6 56	5 3	Matin.		3	20
28	m.	ss. Simon et J.	6 58	5 2	1	17	3	46
29	m.	s. Narcisse, p.	6 59	5 0	2	38	4	9
30	j.	s. Lucain.	7 1	4 58	4	2	4	31
31	v.	s. Quentin V. J.	7 3	4 57	5	27	4	53

NOVEMBRE. *Signe*, le Scorpion. ♏

◉ N. L. le 1, à 8 h. 33′ du matin.
☽ P. Q. le 8, à 6 h. 55′ du matin *Apogée le* 13.
🌕 P. L. le 16, à 11 h. 12′ du matin. *Périgée le* 29.
☾ D. Q. le 24, à 3 h. 59′ m. ◉ N. L. le 30, à 7 h. 8′ s.

JOURS, DATES et Noms des Saints.			Lev. du S	Cou. du S	Lever de la L		Couch. de la L	
			H. M.	H. M.	H.	M.	H.	M.
1	s.	TOUSSAINT.	7 4	4 55	6	55	5	18
2	D.	*C. des Morts.*	7 6	4 53	8	21	5	48
3	l.	s. Hubert, év.	7 7	4 52	9	46	6	24
4	m.	s. Charles B.	7 9	4 50	11	3	7	10
5	m.	s. Zacharie, p.	7 11	4 49	0	9	8	5
6	j.	s. Léonard, c.	7 12	4 47	1	3	9	8
7	v.	s. Ernest, évêq.	7 14	4 46	1	45	10	16
8	s.	Les 4 SS. cour.	7 15	4 44	2	17	11	26
9	D.	s. Mathurin, c.	7 17	4 43	2	42	Matin.	
10	l.	s. Juste, évêq.	7 18	4 41	3	3	0	35
11	m.	s. Martin, arc.	7 20	4 40	3	21	1	42
12	m.	s. René, évêq.	7 21	4 38	3	38	2	48
13	j.	s. Homobon, c.	7 23	4 37	3	54	3	53
14	v.	s. Albéric, év.	7 24	4 35	4	10	4	57
15	s.	s. Eugène, év.	7 26	4 34	4	29	6	2
16	D.	s. Edmond, ar.	7 27	4 32	4	51	7	9
17	l.	s. Grégoire, év.	7 28	4 31	5	18	8	16
18	m.	s. Odon, abbé.	7 30	4 30	5	57	9	21
19	m.	ste. Elisabeth.	7 31	4 28	6	34	10	24
20	j.	s. Félix de Val.	7 32	4 27	7	28	11	21
21	v.	Prés. de N.-D.	7 34	4 26	8	32	0	9
22	s.	ste. Cécile, v.	7 35	4 25	9	42	0	48
23	D	s. Clément, p.	7 36	4 23	10	57	1	19
24	l.	ste. Flore, v.	7 37	4 22	Matin.		1	45
25	m.	ste. Catherine.	7 38	4 21	0	15	2	8
26	m.	s. Pierre d'Al.	7 40	4 10	1	34	2	29
27	j.	s. Maxime, év.	7 41	4 19	2	54	2	49
28	v.	s. Sosihène.	7 42	4 18	4	16	3	12
29	s.	s. Saturnin, m.	7 43	4 17	5	39	3	38
30	D.	*Avent.*	7 44	4 16	7	6	4	10

DÉCEMBRE. *Signe*, le Capricorne. ♑

☽ P. Q. le 8, à 1 h. 0′ du matin. *Apogée le* 10.
☽ P. L. le 16, à 5 h. 8′ du matin.
☾ D. Q. le 23, à 1 h. 0′ du soir. *Périgée le* 26.
● N. L. le 30, à 7 h. 19′ du matin.

JOURS, DATES et Noms des Saints.			Lev. du S	Cou. du S	Lever de la L	Couch. de la L
			H. M.	H. M.	H. M.	H. M.
1	l.	s. Éloi, évêq.	7 45	4 15	8 30 Matin.	4 50 Soir.
2	m.	ste. Bibiane.	7 46	4 14	9 45	5 41
3	m.	s. François X.	7 46	4 13	10 46	6 43
4	j.	ste. Barbe, v.	7 47	4 12	11 34	7 51
5	v.	s. Sabbas, abbé.	7 48	4 12	0 10 Soir.	9 2
6	s.	s. Nicolas, év.	7 49	4 11	0 38	10 12
7	D.	s. Ambroise.	7 50	4 10	1 1	11 20
8	l.	*Conc. de N. D.*	7 51	4 9	1 19	Matin.
9	m.	ste. Léocadie.	7 51	4 9	1 35	0 27
10	m.	ste. Valère, v.	7 51	4 8	1 52	1 32
11	j.	s. Damase, p.	7 52	4 8	2 8	2 37
12	v.	ste. Constance.	7 53	4 7	2 26	3 42
13	s.	ste. Luce, v. m.	7 53	4 7	2 47	4 49
14	D.	s. Nicaise.	7 53	4 6	3 11	5 57
15	l.	s. Mesmin.	7 54	4 6	3 43	7 4
16	m.	s. Adélaïde.	7 54	4 6	4 23	8 9
17	m.	ste. Olymp. 4 T.	7 54	4 6	5 13	9 8
18	j.	s. Gatien.	7 55	4 5	6 14	9 59
19	v.	s. Timothé 4 T.	7 55	4 5	7 23	10 40
20	s.	s. Philogone 4 T	7 55	4 5	8 37	11 13
21	D.	s. Thomas, ap.	7 55	4 5	9 53	11 40
22	l.	s. Flavien, év.	7 55	4 5	11 9	0 3 Soir.
23	m.	ste. Victoire.	7 55	4 5	Matin.	0 24
24	m.	s. Delphin *V. J.*	7 55	4 5	0 27	0 44
25	j.	NOEL.	7 55	4 5	1 47	1 5
26	v.	s. *Étienne*, m.	7 55	4 5	3 7	1 28
27	s.	s. Jean, évang.	7 54	4 6	4 28	1 55
28	D.	ss. Innocens.	7 54	4 6	5 50	2 30
29	l.	s. Thomas de C.	7 54	4 6	7 7	3 16
30	m.	s. Sabin, évêq.	7 53	4 7	8 16	4 10
31	m.	s. Sylvestre.	7 53	4 7	9 15	5 11

MÉTÉOROLOGIE.

Températures moyennes probables pour chaque mois de l'année 1834.

Année 1834.	J. de Pluie.	Vents dominans	Températures.
Janvier	4	N. O.	Froide.
Février	5	E.	Très-variable.
Mars . .	8	N. E.	Humide.
Avril . .	20	O.	Douce.
Mai . .	17	S. E.	Sèche.
Juin . .	24	S.	Chaude.
Juillet.	14	E. N. E.	Assez variable.
Août . .	12	S. O.	Sèche.
Sept. .	22	S.	Agréable.
Octob..	6	N. E.	Variable.
Nov. . .	9	N.	Humide.
Déc. . .	12	N. E.	Très-froide.

ECLIPSES.

Il y aura cette année cinq Eclipses, dont trois de Soleil et deux de Lune.

La première Eclipse de Soleil, invisible à Paris, aura lieu le 9 Janvier.

La deuxième Eclipse de Soleil, invisible à Paris, aura lieu le 7 Juin

La première Eclipse totale de Lune, invisible à Paris, aura lieu le 21 Juin.

La troisième Eclipse de Soleil, invisible à Paris, aura lieu le 30 Novembre.

La seconde Eclipse de Lune, visible à Paris, aura lieu le 16 Décembre.

Opposition à 5 h. 8 m. 28 s. du matin, en 2 s. 23° 49′ 16″ de longitude, et en 34′ 53″ de latitude boréale; mouvement horaire relatif en longitude, 28′ 42″; en latitude, 2′ 52″.

Commencement de l'Eclipse à 3 h. 31 m. 2/3 du matin; milieu à 5 h. 1 m. 3/4; fin à 6 h. 30 m. 3/4; grandeur 8 doigts 10 m.

ÉPOQUES.

Ce sont des points fixes de temps, d'après lesquels on compte les années. On emploie, comme rendez-vous commun de toutes les époques ou ères connues, une période faite de 1981 années Juliennes.

L'époque Juive en est l'an : 963
L'ère des Olympiades l'an 2949
L'époque de la Fondation de Rome. . . 3970
L'ère Persane ou de Nabonassar 3976
L'ère Chrétienne l'an 4723
L'ère Mahométane ou l'Hégire. 5345

A l'année 6539 de la même période répondent toutes les années actuelles, qui sont:

Pour les Juifs l'an 5594
Pour les anciens Grecs l'an 2608
Pour les anciens Romains l'an. 2585
Pour les anciens Perses l'an. 2581
Pour les Chrétiens l'an 1834

L'année 1249 des Turcs a commencé le 21 Mai 1833, et finira le 9 Mai 1834, selon l'usage de Constantinople.

Élévation du Pôle.

La latitude ou l'élévation du Pôle à Paris, est de 48 degrés 50 m. 14 s.

Diamètre du Soleil.

Le diamètre du Soleil se voit sous un angle de 32 m. 30 s. en hiver, et 31 m. 30 s. en été.

Obliquité apparente de l'Écliptique.

Le 1 Janvier, 23 degrés 27 m. 39 s. 3.

Ascension droite moyenne du Soleil.

Le 1 Janvier 177° 35 m. 49 s. 5.

Lieu ou longitude de la Lune.

♈ A. Équinoxe descendant, lorsqu'elle passe dans les signes boréaux.

♎ . Équinoxe ascendant, lorsqu'elle entre dans les signes méridionaux.

-- La Lune appartient au mois où elle finit.

LE DEUIL
DES TOURQUENNOIS,

Pour la mort du Duc d'Avrée, leur
Seigneur.

Air noté, n.º 1, III.me Recueil.

Hé ben te v'là, compère Paquié,
Qu'men que te v'là attiqué !
Pourquoi porté eune crêpe
Toute noire dessus ten capiau ?
On diroit à vire ten mentiau
Que té devenu prêtre.

Hélas ! hélas ! Mathieu Crinchon,
Quand que ten saras les raigeons,
Tara les larmes à l'œulle,
Et te cangera de pourpoint,
Ti, et tous les gens de Tourcoing
Seront tertout en deulle.

Mais Paquié dis-me d'un bon cœur
Seroit-il arrivé un malheur ?
Vrai je n'en su nen sage :
Te dit qui faut s'habillé noir ;
En passant ne peut-on savoir
Le malheur du bourgage ?

Quoi te n'a nen vu le livrée
De no brave Duc d'Avrée,
Seigneur de no bourgage ;
Il est tué d'un co d'quennon.
Queulle grande désolation
Pour toute la bourgage !
Seroit-ti vrai, compère Paquié,
Qui aroit été attaqué
De chelle grosse souffloire ?
Dis-me in pau pour qurulle raigeon
Qui étoit si près du quennon,
Chela est dur à croire.
Te set ben que le Duc d'Avrée,
Dont no Sergent à se livrée,
Qui étoit en campagne,
Et qui quemendot les Wallons
Devant le Royaume d'Arragon,
Au service d'Espagne.

Mais le Roi Charles renommé
A fé chevauché se n'armée
Contre les Espagnols ;
Te sen ben que nos brave Seigneur
Que chetot un homme de cœur,
A fé des caracolles.

En rengeant ses soldats Wallons
A venu un co de quennon,
Poussé par l'artifiche ;

Fageant pouf le balle est venu
A ùn quartier du trau du cu,
A emporté se cuiche
Le Duc d'Avrée de che co là,
Il a queu ju de sen queva,
Abandonnant se n'arme ;
Sitôt le sang a dégorgié
Comme liau deven un burgié ;
No Seigneur rendit l'àme.
Ne parle plus de nos Seigneur,
Car te me fé crevé l'cœur,
Il étoit si honnète ;
Nous ne sarons pu u tourné,
Nous v'là d'z'enfans abandonnés,
Et v'là no bourg à le peste.
Tout aussitôt Mathieu Crinchon
A repairié deven se majon ;
Dit à sen fieu d'abord :
Il faut mettre des habits noirs,
Mié noir et quié noir,
No Duc d'Avrée est mort.
Un Tourquennois à dit :
« Va s'il est mort che pour li,
« Je n'en venerai n'en blème ;
« Y fé la guerre pour un Franchois,
« Sur l'Espagne n'a n'en de droit,
« Qui bateilche li-même.

DIALOGUE

Entre un Flamand et une Daruse de
la Paroisse de St Sauveur.

Air noté n.° 3.

Bon zour Josvrouw , mon cœur,
Moi venir tout-à-l'heure
Te faire de l'amourese ;
Bon zour Josvrouw mon cœur,
Moi venir tout-à-l'heure ,
Va de moi l'ai pas peur.
Je le suis de Bruxelles,
Belle jolie mamezelle ;
Je le suis venu pour trois mois,
Pour l'apprendre le bon François ,
Vous mamezelle l'apprendre moi.

LA FILLE DE ST. SAUVEUR.

Mi je n'vous entend point,
Vo fichu baragoin,
W ttiez in pau che Flaüte ;
Mi je n'vous entend point,
Vo fichu baragoin ,
Sommes-nous ichi à Tourcoing ?

Vous parlez tout dervierre,
Je ne suis point mamezelle,
Je suis une fille de Saint Sauveur,
Pauvre, mais ben riche en honneur,
Ne mé fiché point malheur.

LE FLAMAND.

Moi le suis garçon F'amand,
Z'ai beaucoup de l'arzent,
De mon père et de mon mère.
Moi le suis garçon Flamand,
Z'ai beaucoup de l'arzent,
Beaucoup de l'habillement.
Si vous voulez, madame,
L'être mon petite femme,
Toi li couchera avec moi ;
Moi li coucherai avec toi,
Dites ben oui par mon foi.

LA FILLE DE ST. SAUVEUR.

Ti couqué aveuque mi,
Ta ben fé, va toudi !
Va t'en Flamend de Bruxelles.
Ti couqué aveuque mi,
Mi couqué aveuque ti,
Mi je veux rester drochi.
Va t'en vir tes mamezelles,
U ben tes trois puchelles :

Le m'ann' qui piche à chen qu'un di,
Qui jour et nuit piche toudi ;
Va t'en conqué tout près de li.

LE FLAMAND.

Moi l'ai beaucoup d'écus,
D'escalins encore plus,
Pour li acheter une femme.
Moi l'ai beaucoup d'écus,
D'escalins encore plus,
Pour point coucher sur la rue,
Que mon père me donne :
Viens mon petit cochonne,
Viens-moi me baiser volontier,
Tu l'aura tout me n'amitié
Quand j'aurai toi marié.

LA FILLE DE St. SAUVEUR.

Je n'ai que faire de t' n'argent ;
Je n'ai point besoin d'un Flament ;
Y sont plus lourds que des biettes.
Je n'ai que faire de t' n'argent ;
Je n'ai point besoin d'un Flament ;
J'aim' mieux un Lillois qui n'a rien.
Si j'étois te femmelette
Te feroit tourner m' tiette :
Avecque ti je ne sarot tout d' bon
Bétôt ni Flament ni Wallon,
J'aime mieux rester à m'mason.

LE FLAMAND.

Toi le veux pas de moi,
Moi le veux pas de toi;
Ze trouverai ben d'autre fille.
Toi le veux pas de moi,
Moi le veux pas de toi,
Adieu, la belle, je m'envoi.

LA FILLE DE ST. SAUVEUR.

Adieu fichu Flaïte,
Va t'en avec tes flûtes,
Ne reviens pus den nos endrot;
Mi je veux mettre d'sus m'en dot,
De l'hierbe que je connos.

COQ A L'ANE.

Air : *Le Saint craignant de pécher.*

Acoutez tous me canchon,
Je vais vous le dire,
Composé par Brûle-Maison,
Qui set ben mentir :
Un a bian vir des canteux,
Pou trouvé un tez menteux;

Chet un co, co, co,
Chet un ca, ca, ca,
Chet un co,
Chet un ca,
Chet un coq à l'ane,
Qui veut vendre à l'ane.

J'ai vu dans un four à chaux,
Au fond de la mer,
Chinque u six gros macriaux,
Qui cantoient des airs :
L'un bien haut et l'autre bas ;
L'autre ut, ré, mi, fa, sol, la,
Faisant la, la, la,
Faisant mu, mu, mu,
Faisant la,
Faisant mu,
Faisant la musique,
Sur une bourique.

J'ai vu dedans la Morée,
Auprès de Bruxelles,
Trois aveugles travailler
Faire de la dentelle.
Ils s'amusoient de temps en temps,
Pour tant mieux passer le temps,
A jou, jou. jou, jou,
A é, é, é, é,

A jou, jou,
A é, é,
A jouer aux quilles,
Aveuque des filles.

J'ai vu un marchand joaillier,
Vendre à cousin Jacques,
Une belle péruque frisée,
Faite de tombacque ;
Et des tire-bouchons de crin,
Promenant dedans se main,
Des biaux pu, pu, pu,
Des biaux cé, cé, cé,
Des biaux pu,
Des biaux cé,
Des biaux pucélages,
De différens âges.

J'ai vu Paris et Arras,
Lyon et Joinville,
Qui couroient à fort grands pas,
Pour venir à Lille :
Mais Paris la plus lassée,
Si tôt elle s'est embarqué,
Sur la di, di, di,
Sur la li, li, li,
Sur la di,
Sur la li,

Sur la diligence,
Pour sortir de France.

Lorsque Paris fut venu
Au faubourg de Lille ,
Je crois qu'on n'a jamais vu
Tant de femmes ni filles ,
Qui couroient faisant des sauts,
Pour aller vir les badeaux ,
Et le pont, pont , pont ,
Et le neuf, neuf , neuf ,
Et le pont ,
Et le neuf ,
Le pont neuf sur Seine ,
La Samaritaine.

On voit dans tous les endroits
Toudi des merveilles :
Depuis peu un Tourquennois
A pris le soleille :
N'aiche point un malin sot ,
Den sen coffre il l'a enclos ,
Pour cau, cau, cau, cau ,
Pour fé, fé , fé, fé ,
Pour cau, cau ,
Pour fé, fé ,
Pour caufé ses tierres
En plein cœur d'hiver.

LE TOURQUENNOIS

FRAUDEUR,

Qui a tiré un coup de pistolet sur son ombre, croyant de tuer un Employé.

Air: *V'la eun' histoire sans pareille.*

Noté n.º 1, IV.me Recueil.

Nous faut canter l'algarade
Arrivé à un Tourquennois ;
Y font toudi des aubades,
Qu'on en parle en tout endros ;
 Non les Lillois,
N'aront jamais warde,
D'égaliser leux z'esprits,
 Il' ont le prix.

Deven Tourcoing, biau bourgage,
Un homme appellé Miché,
Pour élever sen meinage,
Se résout à trafiqué ,

Deven un métié,
Qui n'ia du gagnage,
Quand on est suit du bonheur,
Non du malheur.

Croyant de faire se forteune,
Courot gai comme un pinchon,
Souvent sans en manquer eune,
S'ennalot droit à Moucron,
Gai à fachon,
Sans faire de rencunne,
Acato pour six florins
De brandevin.

Sans jocqué, che pauvre glaude,
Le metto deven des vessies :
Pour le faire passer en fraude,
Y marchot toudi de nuit,
Peur des commis,
Même avot encore,
Peur qu'on l'aro arraité,
Un pistoulet.

Un jour ayant fait emplette,
Y querquant se n'arme à fu ;
Et pour s'aichauffé le tiête,
Du brandevin il a bû,
Comme un goulu :

Digeant si on m'arrête,
Je ne fé point d'autre jû,
    Je tire dessus.

Marchant le cœur tout bainnage,
Au long d'un biau grand fossé,
Aussi-tôt à vu s'n'ombrage
Deven lian à sen côté,
    Epouvainté,
Digeant tout en rage :
Va t'en ne m'approche pû,
    U bien j' te tue.

Ne m'avanche nen min diale,
U t'est un homme perdu :
Car je te tirrai trois balles,
Deux à l'tiète et eune au cû,
    J'te rurai jû,
Sans faire batalle ;
Si t'avanche deux égambés,
    De ti ché fé.

L'ombre faigeot les meinières
Que che Tourquennois faigeot ;
Recule deux pas en arrière,
Aussi-tôt qui l'apperchot,
    D'un cô adrot,
Deven le rivière,

Dequerquant sen pistoulet
        Pour le tué.

Ayant tiré sen co d'arme,
Laichant se querque à ses pieds,
Et puis s'enfuit plein d'allarmes
A s'majon épouvainté,
        Pauvre Miché;
Dit, montrant s'n'arme:
Me femme j'ai fait un malheur,
        Je trann' de peur.

Aussitôt se femm' Catlaine,
Li d'mandant pourquoi ch' l'ennui?
Y l'y dit tout hors d'haleine:
Femme, j'ai tué un commis,
        Ouvre Marie
Le tonniau à l'freine,
Pour bien me maché deven,
        Et ne dit rien.

Pendant quatre jours en somme
A resté deven ch' tonniau;
Et on a appris tout comme
Il avot tiré deven liau,
        Pensant che lourdaut,
De tué un homme,
En portant pour six florins
        De brandevin.

LES AMOURS

D'UN TOURQUENNOIS,

MARCHAND DE BREN.

Air: *Les Tourquennois en font toudi des bielles*, noté n.º 4.

Étant un jour
Au Fourbou de l' Madeleine ,
J'ai vu bielle Hélène ,
Qu'elle s'entretenoit
Avec un Tourquennois ;
Il l'embrachoit ,
Il li charmoit l'oreille,
Contant des merveilles ;
Li digeoit souvent
Qu'il étoit gros marchand.

A che propos li répondit Hélène ;
Vous perdez vos peines ,

Vous devez caresser,
La fille d'un censier;
Y n'y en a tant.
Den les bourgs et villages,
Qu'ell' sont bielles et sages,
Qui ont du bon bien,
Pour mi je n'ai rien.

Jacot répond :
J'aime mieux eune Lilloise
Qu'eune Tourquennoise ;
Elles sont pu jolies,
Elles ont ben pu d'esprit :
Si vous volez
Etre me n'amoureuse,
Vous serez heureuse,
Vous arrez du bon temps,
Car je suis intrigant.

Si vous avez
Eune volonté si grande,
Faut que je vous demande,
Ichi entre nous
Queul négoce faites-vous ?
Montré-me un pau
De vos bielle marchandise,
Vir si elle est exquise,

Chela peut, en tout temps,
Attirez des marchands.

Acoutez ben,
Hélène, me n'amourette :
J'ai eune brouette,
Je broute souvent
Du bon bren pour les gens ;
Je suis connu
Aux quatre coins de Lille,
Homme, femme et fille,
Me saluent tout haut,
En rottant leu capiau.

Hé ben toudi,
N'avez point d'autre intrigue,
Ni d'autre pratique,
Qu'à gagner de l'argent
A brouetté du bren ?
N'vendez vous point,
Comme vot frère Quertoffe,
De bielles z'étoffes,
Des mouchots d'coton,
Et des baies de molton?

Hélène si fait,
Je suis marchand allerte,
Quand j'ai mes housettes,
Je vois, je viens par-tout.

Afin d' gagner un sou :
Je suis malin,
Je troqu', je vend, j'acquatte,
Ben plus je me flatte,
Que men bren vaut au moins,
L' Seigneurie de Tourcoing.

Allons Jacquot,
Sans tarder davantage,
Faut nous mettre à ménage,
Marions-nous à deux,
Aussi bien Dieu le veut :
J'espère un jour,
En fageant che négoce,
D'aller en caroche ;
Nous arons l'honneur
Comme le grand Seigneur.

CHANSON

D'UN TOURQUENNOIS

Qui a sauvé sa vache dans un moulin à vent.

Air : *Voilà la différence*, noté n.º 4, III.me Recueil.

Quiantons pour passer le temps
Un sujet assez plaigeant,
Arrivé tant pire,
Den le bourg de Tourcoing,
Chela vien bien mal à point.
Je n'sarois nen rire.   *bis.*

Ché d'un petit censier,
Le propre cousin Michié,
Qui loua à un homme
Huit cent de tierre et un pré,

Qui ni avot trois chérigiez,
Et un arbre à pronnes.   *bis.*

Le maite de chel majon,
L'y va dire tout de bon :
Vous savez gros Jacques,
Que vous me devez assez,
Si vous ne volez nen payé,
J' f'rai emmener vo vaque.   *bis.*

Gros Jacques, il a parlé biau
En deffulant sen capiau,
Digeant je vous jure :
Je vous n'apporterai demain,
Je vendrai men puer et l'étrain,
Et je batterai men bure.   *bis.*

Le maître oyant ches raigeons,
A sorti hors de l'majon.
Si-tôt, dit gros Jacques :
Il pense ben en ce jour,
De me juez un bon tour,
Mi je voye muchié m'vaque.   *bis.*

Se femme dit un pau après :
Hu aiche que te l' veut muchée,
Tout par-tout y cache ?
Je le voye muchié au molin,

Le mannié ché men cousin ,
Y me fera ben plache. *bis.*

En étant près du molin ,
Ché Tourquennois pour chertain ,
A dis à se vaque :
Te na qu'à monté douch'ment ,
Te tra si ben la deven ,
Ty demeur'ra jusqu'à Pâque . *bis.*

L' vaque n'a voulu nen monté ,
Sur che molin élevé ,
Le Tourquennois en rage ,
Il y dit : Monte hardiment ,
Aussi-tôt que te tra devent
Tara du molage. *bis.*

Ne povant nen le faire monté ,
Il étoit ben tourmenté ;
Si-tôt , dit gros Jacques :
On fet ben monté un sa ,
Aveuc le corde que v'là ,
Elle élevra ben m' vaque. *bis.*

Aussi-tôt il a loyé
Se vaque par le gosier ,
Le vent avoit forche ,
L'élevant au bout du molin ,
Si-tôt dit à sen cousin :
Wéez comm' quelle baloche. *bis.*

Quand elle fut ben haut élevée,
S' langue quemincha à trennée
Un pied hors de se tiête;
Le Tourquennois dit soudain:
Vela qu'elle sent l' goû du grain,
Wéez quement qu'es se pourleque *b.*

Quand le vaque fut au molin,
Le Tourquennois dit soudain:
Queulle triste affaire !
Vela me vaque étranné,
Car elle ne peut pu remuez,
Y a queminché à braire. *bis.*

CHANSON

SUR UN TOURQUENNOIS

Qui a fait la gageure de manger plus de prunes qu'un cochon.

Air : *Du Coulon gavu.*

Noté n.º 7 , III.ᵐᵉ Recueil.

J'AVOI dit de ne pu faire,
Sur les Tourquennois,
Aucune de leux affaires ;
Mais je ne sarois ,
Car un de chés lourdauts
A maingé tant de pronnes
Qu'il a quié plein un seau
Et plein ses maronnes.

Y faut être à mittant biète
Pour faire cha insain ;
Che fut par un jour de fiète,
Etant au gardin,
Aveucque sen wigeain,
Digeant l'année est bonne,
Wette compère Martin,
Combien v'là de pronnes.

Vela un biau caffouillage,
Quand cha sera cueillé,
Men faut trois fois d'avantage
Pour me rassasié.
L'autre li dit tout haut :
Wigeain faut me les vendre.
Pour norire men pourchau,
Je veux te les prendre.

Y répondit d'humeur bonne :
Mais, cousin Michau,
Je mengerai mieux les pronnes
Que vo grand pourchau ;
Si vous volez pu fort,
Unne gageure j'arrête,
J' mettrai deux louis d'or
Tout contre vo biette.

Ayant nanti la gageure,
Deven un capiau,
Ils ont mené, chose sûre,
Drolà le pourchiau ;
Le Tourquennois rusé,
Déblouquant ses maronnes,
Se n'habit et sen collé,
Pour maingé des pronnes.

Y maingent, les v'là en prise,
Li et le pourchau,
Y lez'avalo tout vive,
Predant un seau ;
Le pourchaut sans manqué,
V'là le quart-d'heure qui sonne,
Il avot déjà maingé
Le tonniau de pronnes.

Y maingeo comme eune biête,
Croyant de faire mieux,
Maingeant jusqu'à les pierrettes,
Et même les queues,
In' n'a bien avalé
Le demitant de l' somme ;
Il a resté étauqué
De maingé des pronnes.

Après un a fet qu'entende,
Et toudi crié :
Marie, j'ai ma à men vente,
Y me faut quié :
Il a bien emberné
Tros u quatre maronnes,
Vas, je jure que jamais
Ne maingerai des pronnes.

N.º 1.

NON, je ne sarois pu

faire

N.º 2.

VOILA pourtant Brûle-Maison.

N.º 5.

Bon jour Jofvrouw, mon cœur,

N.ᵉ 4.

ÉTANT un   jour

au faubourg.

LILLE,
Imprimerie de VANACKERE fils

TABLE
DES CHANSONS

CONTENUES

Dans ce Récueil.

FIN DE LA TABLE.

www.ingramcontent.com/pod-product-compliance
Lightning Source LLC
Chambersburg PA
CBHW070808260626
47161CB00006B/2199